Le Livre de Poche Jeunesse

Sonia d'Or

Katia Canciani

Originaire du Québec, Katia Canciani est pilote d'avions et instructrice de vol. Elle a cofondé une école de pilotage. Également passionnée par l'écriture, elle a publié de nombreux livres pour la jeunesse, de l'album au roman.

Katia Canciani

Sonia d'Or

1. Si j'avais un poney…

L'édition originale de ce roman est parue à Montréal, Québec,
au Canada, aux Éditions Hurtubise Inc., sous le titre :

Titre original : Crinière au vent
Tome 1 – Si j'avais un poney
Katia Canciani

Illustrations de couverture et intérieures : Shiilia.
Conception de la couverture et du logo-titre :
Hachette Romans Studio.
Maquette : Maqsimum Création.

À ma fille Béatrice,

passionnée de chevaux

depuis sa plus tendre enfance.

1

S'il suffisait de vouloir un poney...

— Si j'avais un vrai poney, un vrai de vrai, rien qu'à moi, ça réglerait tous nos problèmes ! hurle Sonia.

— Ce serait juste un problème de plus, idiote ! lui lance son frère Éric.

Les murs du petit appartement vibrent.

Aussitôt, le voisin d'en bas cogne sur son plafond. TOC TOC TOC ! Prenant le mors aux dents, Sonia saute à pieds joints sur le sol. BANG BANG BANG !

– **Tiens !** crie-t-elle.

Jamais Sonia n'a été aussi déchaînée. Ses yeux bruns étincellent de colère.

Leur mère, Nathalie, s'apprête à s'interposer, puis elle se ravise. Elle se laisse tomber sur le canapé comme une vieille mouche essoufflée. *Mais quand est-ce que ces enfants vont se calmer ?* pense-t-elle. Cette fin d'année est **épouvantable.**

Sonia appelle sa meilleure amie, Peggy Gase, au talkie-walkie. C'est la mère de Peggy qui leur a offert ce super moyen de

communication.
« Pour mettre un terme aux sonneries du téléphone », leur a-t-elle expliqué sans un sourire.

Sonia croit que c'est de loin la chose la plus gentille que madame Gase ait jamais faite.

— Peggy, tu es occupée ? J'ai besoin d'un petit pré

tranquille. **Je n'en peux plus !**

— Tu peux venir, ma mère me coud un costume, répond Peggy.

Sonia traverse la rue. Peggy habite juste en face de chez elle, dans une belle maison beige et brune. Lorsque Sonia arrive à la fenêtre de sa copine, celle-ci est en train de faire des exercices d'équilibre.

— Tu n'as pas peur de tomber ? demande Sonia en enjambant le cadre de la fenêtre ouverte.

La fenêtre, c'est le trajet le plus court jusqu'à la chambre de Peggy. Le plus sûr aussi : madame Gase ne peut alors pas empêcher les deux amies de se voir. Peggy saute de son ballon.

— **Triple boucle piquée !** annonce-t-elle en mimant une figure artistique.

Sonia admire sa grâce. Peggy ajoute :

— Tu devrais essayer. **L'équilibre, ça doit être important en équitation.**

Sonia secoue la tête.

— À quoi est-ce que ça me servirait ? Un cheval, comme dit ma mère, ce n'est pas dans le budget pour un **looong** bout de temps…

Peggy entoure les épaules de Sonia.

— Il te faudrait…

— **Un miracle ?** l'interrompt Sonia.

La mère de Peggy entre dans la chambre. Pas de chance !

— Ton amie est encore ici ? dit-elle à sa fille sans même jeter un coup d'œil à Sonia.

— Elle vient tout **juste** d'arriver, maman ! se défend Peggy.

Madame Gase conclut froidement :

— Le repas est prêt. Merci pour ta visite, Sonia.

Sonia salue son amie et s'éclipse par le chemin qu'elle a emprunté en arrivant.

— On se revoit demain à l'école, alors... Bon entraînement de patinage artistique, ce soir !

Peggy lui fait un double clin d'œil. C'est leur **code d'amitié.**

Sonia avale son assiette de macaronis au fromage tout en poursuivant la lecture d'un roman équestre. En ce moment, elle dévore la série *Les Poneys de l'île des Sables*.

Elle rêve qu'elle est l'héroïne, **affrontant tous les dangers** afin de sauver les poneys. Dans ce rêve, elle se bat contre la dangereuse montée du niveau de la mer qui menace d'engloutir l'île. Sonia savoure chaque page. Exceptionnellement, Nathalie la laisse lire à table. « Pour avoir la paix ! », a-t-elle répondu à Éric lorsqu'il s'en est plaint.

Sonia en a cependant assez du trio *livre-ordi-télé.*

Elle se dit que, **si elle avait un poney,** elle saurait comment occuper son temps libre autrement… Mais il n'y a ni cheval ni poney autour de chez elle. En fait, il n'y a même rien qui pourrait la rapprocher de ce monde hippique[1] qu'elle aime tant. Sauf le pré derrière chez elle, entouré d'une clôture blanche à la

1. C'est-à-dire, le monde des chevaux !

peinture défraîchie. Avant que leur nouveau quartier se construise, des chevaux devaient y brouter...

Nathalie affirme que sa fille, toute petite, a dû être **ensorcelée** par les chevaux en trottinant dans une flaque de potion magique. Son frère, pour la faire enrager, dit qu'elle a seulement dû **marcher dans du crottin.**

Heureusement, Sonia a sa chambre. Sa chambre, c'est un **musée.** C'est un **monument à la gloire des chevaux.**

C'est presque une vraie écurie...

Ce soir-là, Sonia s'y réfugie. Elle a vendu son temps d'ordinateur à son frère. Il la paie deux euros l'heure pour utiliser son temps à elle.

Éric a le droit d'utiliser l'ordinateur entre 16 heures et 18 heures ; Sonia, entre 18 h 30 et 19 h 30. Depuis que leur mère a mis ces horaires en place, Sonia a amassé vingt euros ! De toute façon, après la dispute qu'il y a eu au retour de l'école,

ça ne la tente même plus d'aller fureter sur les sites d'équitation.

Lorsque Nathalie vient la border pour la nuit, Sonia fait semblant de dormir. En refermant la porte, sa mère murmure :

— Je comprends, Sonia, qu'à neuf ans, bientôt dix, ce n'est pas très agréable de se faire garder par son grand frère... Mais je ne peux pas te payer une baby-sitter juste parce que vous vous chamaillez tout le temps !

Sonia sait que sa mère fait de son mieux et que, même avec ses deux emplois – à l'usine de textile et au restaurant du village –, leur budget est serré. **C'est son frère, le problème.** Éric est un **égoïste**. Après l'école, Sonia lui a simplement demandé de la laisser regarder un truc sur Internet.

Juste deux minutes : **ce n'était pas beaucoup demander...** et il a **refusé !**

Il a répondu, pour la narguer, qu'entre 16 heures et 18 heures, c'était « son heure ». C'est vrai... mais il avait déjà passé **toute la journée** devant l'écran parce qu'il a terminé son année scolaire, lui. Si, au moins, sa mère s'était ralliée à elle. Même pas !

2

Un mardi couleur Émeraude

Ce matin, le ciel est aussi bleu qu’un ruban dans

une compétition équestre. Sonia n’a pas fermé ses rideaux hier soir, et la lumière crue l’aveugle. *Peggy doit être sur la glace à cette heure-ci*, songe-t-elle. Depuis que son amie a des entraînements le matin, Sonia doit aller à l'école en voiture. Sa mère refuse que « sa fille » marche seule dans la rue. Elle la dépose avant de filer à l'usine. Par bonheur, après les cours, les deux copines peuvent rentrer ensemble.

Sonia aimerait que sa famille soit aussi riche que celle de son amie. Sa mère pourrait alors lui acheter un cheval. Même un vieux canasson ferait l'affaire. Ou un poney au dos trop arqué pour être monté.

Sonia se lève et, comme à son habitude, va à la fenêtre.

En regardant le pré derrière chez elle, **Sonia croit rêver.**

Il y a un **poney**. Non, pas juste un poney, mais un poney à la robe[2] grise.

2. La robe, c'est la couleur du cheval.

Non, pas juste un poney à la robe grise, mais un poney connemara à la robe grise. Sonia se frotte les yeux, se pince le bras, se mord la lèvre : **le Connemara ne disparaît pas…**

Sonia s'habille en quatrième vitesse. Elle traverse la cuisine en dérobant un muffin aux bananes, salue sa mère et se rue à l'extérieur.

– C'est l'heure de l'école, dépêche-toi, Sonia ! dit sa mère en sortant quelques minutes plus tard.

— Mais… déclare Sonia. **Il y a un poney dans le pré !**

— Oui, répond Nathalie sans prêter attention à ce que sa fille vient de lui dire.

C'est bien beau, mais je vais être en **retard.** Et tu sais que j'ai une longue journée aujourd'hui.

Dans la voiture, Sonia ronge son frein.

— C'est la fin de l'année. **On n'apprend plus rien à l'école...** J'aurais pu rester à la maison, plaide-t-elle.

Sa mère éclate de rire.

— Avec ton frère ? C'est toi qui m'as dit l'autre jour que tu allais rester en classe jusqu'à la dernière minute afin qu'il te garde le moins possible cet été...

Sonia tournicote une mèche de ses cheveux. Elle se pose **mille questions.**

Le poney sera-t-il encore là à son retour ? À qui appartient-il ? Qui l'a amené ? Quand ? C'est forcément cette nuit... A-t-elle entendu du bruit, cette nuit ? **Non** !

Peggy attend son amie à la grille de l'école. Sonia lui explique son réveil spectaculaire.

— Un cheval ? **Derrière chez toi ?** s'étonne Peggy.

Sonia le jure sur la tête de sa grand-mère. Peggy n'en revient pas. Sonia encore moins.

Ce mardi est plus long que toutes les autres journées de l'année réunies, même si c'est la journée de jeux interclasses. Tout le monde s'amuse. Sonia, elle, a la tête ailleurs.

Entre deux activités, elle tente de mettre de l'ordre dans ses idées.

— Il s'est perdu ? avance Peggy pour aider son amie.

— Possible, dit Sonia, mais alors il faudrait quand même que quelqu'un ait refermé la barrière…

— Il est malade ?

— Peut-être, mais il a l'air en forme… On a peut-être voulu s'en débarrasser ? Ma mère dit que prendre soin d'un cheval, c'est très cher, et ça demande du temps…

— C'est une manière de régler le problème rapidement, fait remarquer Peggy.

Sonia réfléchit.

— Si c'était un problème d'argent, son propriétaire l'aurait vendu…

Au bout du compte, incapable d'expliquer la présence **extraordinaire** de l'animal, Sonia préfère arrêter d'y penser… surtout que le poney est peut-être déjà parti !

Malgré son impatience, Sonia se retient de courir en revenant de l'école, car son amie Peggy, elle, n'en a pas le droit. Sa mère dit que c'est le meilleur moyen de **se casser une jambe.**

— Au revoir ! dit Peggy, qui doit rentrer chez elle.

Sonia l'écoute à peine.

— HOURRA !

Tu es encore là ! s'exclame-t-elle en filant vers le pré.

Le poney hennit, puis s'approche d'elle au petit trot.

Sonia lui embrasse tendrement l'encolure. Elle le caresse tellement qu'elle en a mal aux paumes.

— **Je vais t'appeler « Émeraude »,** lui chuchote-t-elle au creux de l'oreille.

Le poney mordille son pull.

— Tu as faim, dit-elle. Oui, tu dois avoir faim ! Attends !

Sonia monte au deuxième étage, ouvre la porte de l'appartement, crie à son frère qu'elle est rentrée de l'école, plonge dans le garde-manger, puis dévalise les tiroirs du réfrigérateur.

Lorsqu'elle s'apprête à ressortir, son frère, installé

confortablement devant l'ordinateur, lui demande :

— Je peux acheter ton heure d'ordi de ce soir ?

Sonia le dévisage.

— Je te la donne, idiot ! Tu n'as pas vu qu'il y a un CHEVAL dans le champ ?

— Non, je suis resté à l'intérieur toute la journée, bâille Éric.

Sonia ressort de l'appartement avec une boîte de flocons d'avoine, un sac de carottes, cinq pommes et une grosse casserole pour y mettre de l'eau. Dès qu'elle arrive à la clôture, le poney la rejoint. Il piaffe à la vue du goûter.

Le soir tombé, la mère de Sonia rentre du travail.

— Ton frère m'a dit que tu avais nourri ce cheval ? demande-t-elle à Sonia.

— Mais personne n'est venu, maman. **Personne !** s'indigne Sonia. Tu te rends compte ! Abandonner un poney…

— Comme si tu n'étais pas contente ! plaisante sa mère.

Sonia lui fait une grimace de plaisir.

— Allez, au dodo. J'ai eu une grosse soirée au restaurant.

Épuisée, Sonia s'endort ce soir-là en répétant « Émeraude »…

3

Ouah ! Le mystère s'épaissit…

Le lendemain matin, le temps est maussade. Sonia bondit de son lit et colle son nez à la fenêtre.

Elle aperçoit Émeraude… puis, quelques mètres plus loin, **deux autres chevaux…** Non, pas juste deux autres chevaux, mais deux autres chevaux à la robe baie. Non, pas juste deux autres chevaux à la robe baie, mais deux autres chevaux percherons à la robe baie. Sonia se frotte les yeux, se pince le bras, se mord la lèvre : **les Percherons ne disparaissent pas…**

Elle enfile vite le premier habit qui lui tombe sous la main, rafle une poignée de bonbons et dévale l'escalier.

Lorsqu'elle arrive dehors, elle aperçoit un véhicule pour transporter des chevaux qui s'éloigne. Sonia le poursuit en gesticulant. Le van ralentit.

Le conducteur sort la tête par la fenêtre.

— Merci de bien vouloir t'en occuper pendant notre

croisière, ma belle. Nous devons filer si nous ne voulons pas manquer notre avion…

Et le van repart.

Sonia est sous le choc. Un poney, c'était un miracle ; deux autres chevaux, **c'est le paradis !**

Sonia galope vers le champ, saute la barrière et s'approche des immenses chevaux. **« De doux géants »**, voilà ce que l'on dit dans ses livres… C'est vrai : ils continuent de brouter tranquillement.

Quand Sonia glisse les mains dans ses poches, les deux copains sont curieux. Ils collent gentiment leurs têtes contre celle de Sonia. Puis, les naseaux frémissants, ils se font plus insistants. Sonia tend ses mains remplies de bonbons…

Les Percherons en raffolent !

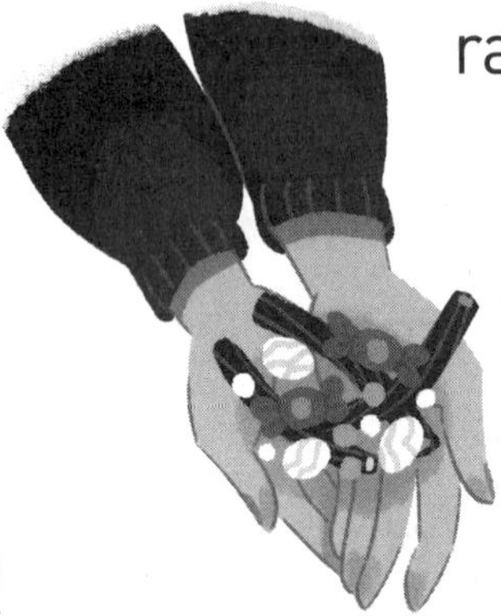

— SONIA ! (Sa mère a hurlé de frayeur.) Ils vont t'écraser, SORS DE LÀ !

Sonia se retourne.

— Voyons, maman, ce sont de doux…

Mais Nathalie n'est pas d'humeur à rire. Sonia rentre chez elle pour finir de se préparer.

À l'école, Peggy a peine à croire Sonia. Pourtant, elle conclut :

— C'est peut-être un... **cadeau du ciel ?**

Mais Sonia ne croit pas aux « cadeaux tombés du ciel ». Il y a **anguille sous roche,** comme dirait son grand-père. Elle déchire une feuille de son cahier d'anglais. Puis, avec l'aide de Peggy, elle tente de dresser une liste des raisons qui expliqueraient le mystère.

— Abandon, égarement… ce qui valait pour le Connemara ne marche pas pour les Percherons, dit Sonia. L'homme du van m'a vraiment remerciée, comme s'il savait qui j'étais...

— Ces chevaux doivent être malades, avance Peggy. Ils sont peut-être en quarantaine[3]...

3. Quand un animal, un végétal ou un être humain est mis en quarantaine, c'est qu'il est isolé pendant un certain temps. Cela permet d'éviter, au cas où il serait malade, que sa maladie soit transmise aux autres !

Ces chevaux semblent en parfaite santé : Sonia ne trouve pas l'hypothèse très concluante. Embêtée, elle plie la feuille en six et la glisse dans son sac. Ce qui l'inquiète **vraiment**, c'est de savoir si oui ou non ces chevaux seront là tout l'été : elle passerait alors **le plus bel été de sa vie !**

Comme ça sent bon ! songe Sonia en marchant seule vers le pré. Peggy et elle ont émis des hypothèses farfelues tout au long du chemin du retour. Malheureusement, madame Gase interdit toujours à sa fille d'approcher les « chevaux inconnus ».

L'homme du van a laissé

quinze balles de foin, quatre seaux, un sac de granulés, des brosses et un bloc de sel. Sonia retourne à l'intérieur chercher son livre

Comment s'occuper d'un cheval en vingt leçons et revient au trot.

Elle distribue les granulés et le foin, remplit les seaux d'eau et les attache à la clôture. Enfin, elle suspend le sel à un poteau. Sonia se demande si le propriétaire des Percherons se fâcherait s'il savait qu'elle utilise aussi sa nourriture pour le Connemara. Mais elle n'a pas le choix...

Elle emprunte ensuite un landau à une voisine et se rend à l'épicerie du coin. Avec son argent de poche, elle y achète dix kilos de carottes et cinq sacs de pommes. Les passants rient de son chargement.

Au dîner, Éric annonce que l'on prévoit une forte pluie pour le lendemain.

Sonia lui demande des précisions. Nathalie relève un sourcil.

— On dirait presque une vraie conversation, commente-t-elle, amusée.

Sonia engloutit sa pizza, remercie sa mère et débarrasse son couvert. Il faut **ABSOLUMENT** qu'elle trouve un endroit où les chevaux pourront s'abriter !

Au fond du champ, la vieille grange abandonnée devrait faire l'affaire. Sonia s'y rend en cachette. Les enfants n'ont absolument pas le droit de s'y aventurer. Le vieux grognon qui habite en bas de chez Sonia surveille les lieux. Personne, d'ailleurs, ne sait pourquoi ! En fait, il ne fait que ça... *Aurait-il vu quelque chose ces deux dernières nuits ?* se demande tout à coup Sonia.

La porte de la grange est cadenassée. Sonia hésite.

Le vieux grognon appellera-t-il la police ? Éperonnant tout ce qui lui reste de courage, Sonia sort un marteau de sous sa veste et… **arrache** la serrure rouillée de la porte.

En inspectant la grange, Sonia réalise que c'était une **vraie écurie**, avec sellerie, grenier à foin et compartiments pour les chevaux. *Ces box sont assez grands pour les Percherons*, constate-t-elle.

À l'aide d'un vieux balai, Sonia nettoie trois box et y installe les chevaux. Après s'être assurée que le ConnemaraetlesPercherons sont en sécurité, elle rentre chez elle.

— **Tu sais à qui sont ces animaux ?** lui demande sa mère d'un ton irrité.

— Non, avoue Sonia, qui espère presque que celle-ci va le lui révéler.

— Tu as le droit de t'en occuper ? poursuit sa mère.

Sonia est fatiguée. Elle réplique :

— Tu as vu quelqu'un le faire, toi ? Laisser des animaux sans soins, c'est **cruel** !

Sa mère soupire, déjà à court d'arguments.

— Ouais, ajoute son frère qui a momentanément délaissé l'écran. C'est mieux que tu t'en occupes, des carcasses de chevaux, ça ne ferait pas très beau dans le champ.

Sonia le fusille du regard et disparaît dans sa chambre. Elle est tout de même soulagée que sa mère n'ait rien dit pour la grange.

— En tout cas, conclut Nathalie assez fort pour qu'elle l'entende, ça vous empêche de vous disputer pour l'ordinateur !

4

LE monsieur Pinion

Bercée par le rythme de la pluie sur les vitres, Sonia somnole. Nathalie ouvre la partie haute de la porte de sa chambre. Sonia, les yeux fermés, sourit : c'est elle qui a demandé de la faire couper en deux, il y a un an. Maintenant, ça a l'air d'une porte de box. Sur le mur, une enseigne de bois gravée par son grand-père annonce :

— Tu n'es pas en avance, Sonia, rouspète sa mère. Plus que vingt minutes…

Sonia s'installe dans la voiture, encore à moitié endormie, et jette un regard plein de regrets sur la grange. Les chevaux y semblent tranquilles. Pourtant, lorsque la voiture tourne au coin de la rue, Sonia se cabre.

– IL Y EN A UN AUTRE !...

Nathalie, occupée à se mettre du rouge à lèvres tout en conduisant, se barbouille la joue.

— Regarde ce que tu m'as fait faire ! grogne-t-elle.

— Mais… il y en a un autre, derrière la grange !…

En fait, non, pas juste **un autre cheval,** mais un autre cheval à la robe noire. Non, pas juste un autre cheval à la robe noire, mais un autre cheval falabella à la robe noire. Sonia se frotte les yeux, se pince le bras, se

mord la lèvre : **le Falabella ne disparaît pas...**

Sa mère jette un œil dans le rétroviseur.

— Je ne le vois pas.

— C'est normal ! C'est un cheval miniature ! Ce n'est pas plus grand qu'un gros chien !

Malgré les supplications de Sonia, Nathalie refuse de faire demi-tour.

La jeune fille s'écroule sur la banquette, les bras en croix. Ce n'est pas un miracle. Ce n'est pas le paradis... **C'est un miracle au paradis** !

Sonia est arrivée en retard à l'école. Elle doit attendre la première récréation pour tout raconter à son amie.

— Peggy, c'est un peu bizarre, tu ne trouves pas ? L'autre jour, j'avais dit que tous nos problèmes seraient réglés si j'avais un poney et depuis, chaque matin, de nouveaux chevaux arrivent dans le champ...

— C'est **super** ! déclare Peggy.

— Oui, peut-être... Oui, c'est sûr... Mais... c'est bizarre ! confie Sonia.

Elle ajoute, pensive :

— Il faut que j'en aie le cœur net.

Tout en l'écoutant, Peggy répète sa chorégraphie en vue de sa grande compétition. Elle éternue à n'en plus finir.

— Encore tes allergies ! la plaint Sonia.

Peggy est allergique au pollen et au foin. Heureusement pour elle, il n'y a rien de cela dans une patinoire !

De retour de l'école, Sonia s'empresse d'aller vérifier… Elle aurait bien pu, ce matin, avoir rêvé éveillée ! Pourtant, dans le champ détrempé, un Falabella se tient bel et bien sous la fenêtre de l'un des box.

Sur la porte de la grange, on a épinglé un papier fleuri, dans un petit sac plastique :

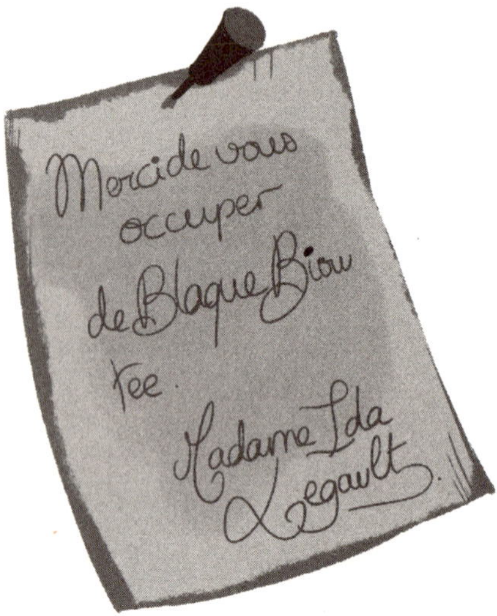

Pas de numéro de téléphone. Pas d'adresse. Pas d'instructions.

Dans la sellerie, Sonia trouve cependant un petit licol, un petit sac de grain, des petites brosses et un petit seau. On ne peut s'y tromper. Tout est de couleur rose, et minuscule : c'est à Blaque Biou Tee !

Pendant toute la soirée, Sonia brosse des poils poussiéreux, peigne des crins emmêlés, cure des sabots boueux… **Elle est aux anges** !

Peggy la rejoint après son entraînement.

— Ma mère m'a donné cinq minutes. Ils sont vraiment très beaux ! reconnaît la patineuse en se raclant la gorge.

Comblée, Sonia regarde son amie. Et s'affole.

— Peggy, tes yeux sont **hyper gonflés...** s'alarme-t-elle.

— Ça doit être la fatigue, répond Peggy sans s'inquiéter.

— Rentre chez toi ! lui ordonne Sonia. Je t'appelle par radio vers 21 heures... **J'ai eu une idée.**

Quand Sonia sort de son bain, il est presque l'heure de joindre Peggy. Elle dort debout. Nathalie, tout juste rentrée du travail, paraît exaspérée.

— Tu es crevée ! Je ne sais pas à qui sont ces chevaux, mais il va falloir qu'ils...

— Maman, ça ne me dérange pas... répond Sonia. Il ne reste que quelques jours d'école avant les vacances !

— Ça devient vraiment ridicule ! s'indigne sa mère.

Sonia s'apprête à répliquer lorsqu'on sonne à l'interphone. Le cœur de Sonia ne fait qu'un bond : le vieux d'en bas l'a dénoncée… Il sait, forcément, que Sonia est entrée dans la grange par

effraction. Il a averti les policiers... **Catastrophe !**

Nathalie répond :

— Qui est là ?

— Pardonnez le dérangement, je suis monsieur Pinion. Pourrais-je parler à Sonia d'Or, je vous prie ?

— À ma fille ? Montez, je vais vous ouvrir, marmonne Nathalie avec méfiance.

Éric, inquiet, demande :

— Tu sais qui c'est ?

Sonia, certaine qu'elle est dans le pétrin, reste muette. Elle n'ose surtout pas avouer que le seul monsieur Pinion qu'elle connaisse, c'est le metteur en scène du spectacle équestre Cavale-Ya. On le voit partout dans les publicités. Elle passerait pour une imbécile ! Que viendrait-il faire chez elle ?

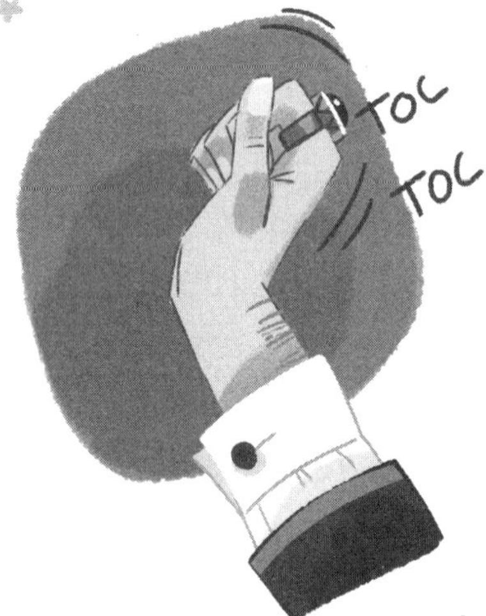

L'homme frappe à la porte. Lorsque Sonia ouvre, elle est stupéfaite. **C'est lui, le vrai ! En vrai !** Avec sa belle crinière ondulée et son air chevaleresque !

— Je suis absolument désolé de vous importuner à

cette heure, mademoiselle. Euh, en fait, je vous imaginais un peu plus vieille...

— Je... je peux vous aider ? bégaye Sonia.

— Merci de le proposer, oui ! Mon Falabella est tombé malade et ne pourra pas faire la représentation d'ouverture du spectacle, demain. J'ai demandé la permission à madame Ida Legault...

— Madame Legault ? Vous la connaissez ? l'interrompt Sonia.

— Bien sûr, c'est une grande amie ! Je voulais simplement savoir si je peux passer prendre **Blaque Biou Tee,** demain ? Je vous la ramènerai sans faute dans la soirée.

Sonia ne sait pas trop quoi dire.

— C'est... qu'elle n'est pas à moi...

— Je sais. C'est d'ailleurs très gentil d'avoir accepté d'en prendre soin pendant qu'Ida fait sa cure de santé à Bromont.

Nathalie est perplexe. Sonia accepte d'un hochement de tête. Monsieur Pinion semble ravi.

— Entendu ! Je la ramène sitôt la représentation finie.

Sonia voudrait lui demander plus d'explications, mais monsieur Pinion l'arrête :

— Il est vraiment tard. Je suis désolé, madame d'Or, dit-il en saluant Nathalie d'un hochement de tête avant de redescendre l'escalier.

Même si l'heure convenue est maintenant dépassée, Sonia appelle son amie sur son talkie-walkie :

— Peggy, excuse-moi... Devine qui vient de sortir de chez moi ? **MONSIEUR PINION !**

— Quoi ? Qui ? répond Peggy, très endormie.

— Ce n'est pas grave, je t'expliquerai demain, déclare

Sonia. Écoute, tu **DOIS** me réveiller si tu entends du bruit cette nuit… Je garde ma radio allumée.

5

YOUPIIIIIIIIIIII !

Sonia ouvre les yeux. Premier constat : Peggy n'a pas appelé cette nuit. Sonia éteint son talkie-walkie, qui grésille. Deuxième constat : c'est déjà vendredi. Jamais une semaine n'a passé aussi vite. Et troisième constat : il est l'heure de se lever. Les chevaux ont-ils bien dormi ?

En arrivant dehors, Sonia a la surprise de sa vie. **Un troupeau de Mustangs** est massé dans un coin du champ. Sonia les compte. Il y a sept Mustangs. Non, pas juste sept Mustangs, mais sept Mustangs à la robe pie. Non pas juste sept Mustangs à la robe pie, mais sept Mustangs à la robe pie ayant chacun une plume différente

dans la crinière. Sonia se frotte les yeux, se pince le bras, se mord la lèvre : **les Mustangs ne disparaissent pas…**

Sonia s'emballe, franchit d'un bond la clôture et s'élance, la crinière au vent, vers ces superbes chevaux. Au beau milieu du pré, elle s'arrête, car le troupeau fonce vers elle au galop.

Comme dans un rêve, Sonia voit les chevaux la charger avant de l'éviter de justesse. Le martèlement des sabots sur le sol est une vraie **symphonie.** Sonia lève les bras :

– YOUPIIIIIIII ! hurle-t-elle. **C'est la plus merveilleuse journée de ma vie** !

Sonia déchiffre la note fixée sur la clôture :

Chapitre 5

Merci de vous en occuper.
N'ENLEVEZ PAS les plumes.
Viendrons les chercher
aussitôt que producteur
en a besoin pour tournage.
Attendons météo parfaite
(ciel nuageux).

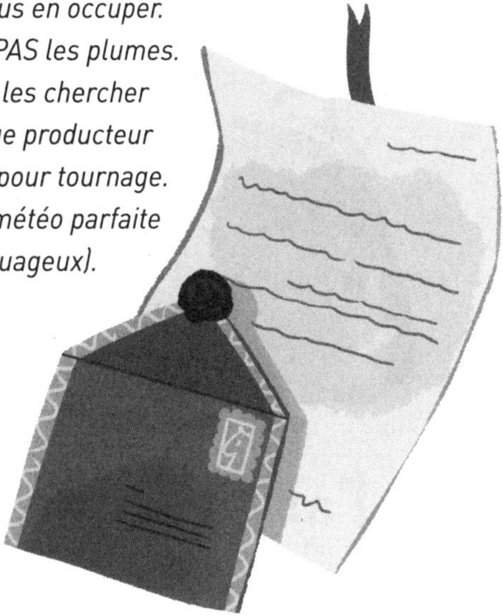

Ébahie, Sonia lit les noms des Mustangs sur les licols : Jolly, Jumper, Spee, Rite, Petit, Tonnerre et Willie.

La mère de Sonia, dans la voiture, klaxonne.

– J'ai pris ton sac et ton panier-repas, grimpe ! dit-elle.

N'osant pas contredire sa mère, Sonia obéit. Sa vie a pris une telle tournure qu'elle ne veut pas dire quoi que ce soit qui pourrait rompre le charme. Elle a presque oublié qu'elle va passer le pire été de sa vie en se faisant garder par son frère, qui va se faire payer, en plus !

Sonia n'a pas petit-déjeuné. À la récréation, elle demande à Peggy de lui passer quelque chose à manger.

— C'est une boisson énergisante pour mon entraînement, explique Peggy.

Tout en buvant, Sonia raconte à son amie ce qui s'est passé chez elle la veille : la visite du fameux monsieur Pinion ! Elle ajoute :

— Peggy, avoue que c'est trop...

Peggy éternue :

— Beaucoup trop de poils de chevaux, ça c'est sûr...

— Que veux-tu dire ?

— Ma mère pense que je suis aussi allergique aux chevaux. Elle dit que c'est mauvais pour mes entraînements.

Voyons, pense Sonia, *tout le monde sait qu'à cette période de l'année, c'est le rhume des foins, le coupable !*

Et puis, elle n'a pas la tête aux allergies. **L'heure est grave.**

— Peggy, déclare Sonia en dépliant sa liste, ces chevaux ne sont ni malades, ni arrivés tout seuls, ni abandonnés…

— Il reste des choix ?

Sonia réfléchit. Elle observe le ciel un court moment. *Oh non*, songe-t-elle en voyant qu'il se couvre de nuages, *il ne faut pas que les Mustangs partent tout de suite…* Elle affirme enfin d'un air solennel :

— On me les a **confiés**, Peggy.

Peggy fixe Sonia.

— Mais **qui ?** Qui sait que tu aimes les chevaux, que tu as un champ et une écurie abandonnée derrière chez toi ?

— Le vieux grognon ? souffle Sonia.

Peggy frémit, le simple fait de penser à ce vieux lui donne la chair de poule.

Sonia ose à peine s'attarder sur la possibilité que le vieux grognon ait quelque chose à voir dans cette histoire. Elle note sur sa liste :

Propriétaires
Connemara : inconnu
Percherons : parti en croisière
Falabella : femme en cure
de santé à Bromont
Mustangs : producteur de
cinéma ?

— Aucun lien entre eux... se désole Sonia.

— Tu vas aller parler au vieux ? lui demande Peggy.

Sonia tourne et retourne sa mèche de cheveux. Elle finira bien par éclaircir ce mystère !

Après l'école, Sonia n'a pas une minute à perdre. Elle doit s'occuper de tous les chevaux. Elle constate cependant que l'on est venu chercher Blaque Biou Tee. Sur la porte du box qu'elle lui avait attribué, une enveloppe attend.

– GÉNIAL ! s'exclame Sonia en constatant que l'enveloppe contient un billet pour assister à la représentation du spectacle Cavale-Ya.

Elle saute de joie. Cavale-Ya : le spectacle équestre le plus **magnifique, magique, majestueux** de la planète… Vu le prix des billets, ce cadeau, c'est de l'or en barre !

Sonia arrive à table un peu en retard pour le dîner.

— Il était plus que temps… lance sa mère.

— J'ai reçu un billet pour assister au spectacle Cavale-Ya de ce soir, annonce Sonia, la bouche pleine.

— IMPOSSIBLE ! réplique sa mère. Ce soir, c'est la cérémonie de remise des prix à l'école de ton frère. Et j'ai appris qu'il devait recevoir un...

— Tu ne vas pas m'obliger à y aller ! s'étouffe Sonia.

La jeune fille voit son or se transformer en fumée. Nathalie la regarde d'un œil noir.

— O.K. Sonia d'Or, les chevaux, ça allait lorsque c'était un thème de décoration de chambre, ou de livre à t'offrir en cadeau, ou de présentation orale à écouter, mais là, j'en ai **ASSEZ!** Depuis qu'il y a toutes ces bêtes dans le champ, on ne te voit plus, tu ne ranges plus ta chambre, et c'est à peine si tu as encore de l'énergie pour te laver !

Sonia ne sait plus quoi dire. Pour une fois qu'elle éprouvait vraiment du plaisir...

— **C'est de ta faute** ! lance-t-elle tout bas à son frère lorsque sa mère se lève.

— Si tu penses que ça m'amuse d'aller à cette soirée… lui répond-il.

Durant toute la cérémonie, Sonia rêvasse, son billet de spectacle à la main. Elle a voulu l'offrir à Peggy, mais son amie ne pouvait pas y aller. « Non échangeable, non remboursable » : c'est écrit en grosses lettres sur le billet. Sonia a décidé de le garder en souvenir. Elle le mettra dans un cadre...

Comme sa vie a changé depuis l'arrivée des chevaux! Elle ne se dispute plus avec son frère pour l'ordinateur. Elle a toujours quelque chose à faire en l'absence de Peggy. Elle s'endort comme une masse le soir. Elle n'idéalise même plus la famille riche et unie de son amie. Elle pense moins à son père qui les a abandonnés il y a un an pour aller faire fortune en Alberta... Même le vieux grognon dans son bruyant fauteuil à bascule, à l'étage du dessous, ne lui semble plus aussi méchant. D'ailleurs, il n'a pas cogné au plafond depuis très longtemps...

6

Médaille + Informatique = Éric !

En pleine nuit, Sonia reçoit un **appel radio** : c'est Peggy. Elle l'avertit qu'elle a entendu du bruit. Sonia se glisse à sa fenêtre et observe.

— Ça va, conclut Sonia,

le Falabella est simplement de retour… On se recouche.

Le lendemain matin, en allant saluer ses chevaux, Sonia croise du regard le vieux à sa fenêtre. Il abaisse le menton d'un centimètre à son passage. *Est-ce que ça veut dire bonjour, pour lui ?* s'interroge Sonia. Pendant un instant, elle croit avoir le cran d'aller le questionner. Mais elle ne réussit pas à le faire… et opte pour une tactique de recherche bien différente.

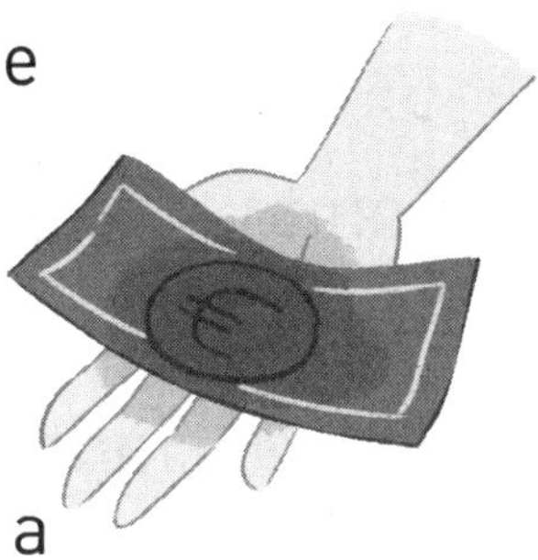

Lorsque Sonia se présente devant son frère, elle a en main un billet de cinq euros… Elle se doute qu'Éric va lui demander d'acheter son temps d'ordinateur : le samedi, c'est « sa journée ». Dès qu'il la voit approcher, Éric dit :

— Vas-y. J'en ai assez pour la journée.

Sonia croit avoir mal entendu. Elle glisse son argent au fond de sa poche et en retire la feuille sur laquelle elle a noté ses questions. Elle s'installe, un peu désarçonnée tout de même.

En peu de temps, Sonia découvre que madame Ida Legault est une éleveuse de Falabellas bien connue. Puis elle apprend que les noms des deux Percherons sont : Tire et Dérable. Leur propriétaire a même un site Web à leur nom ! Au printemps, les deux costauds travaillent à la cabane à sucre du mont Rigaud.

Quant aux Mustangs,

ils seront utilisés dans une publicité sur l'arthrite ! Sonia se souvient d'avoir vu cette marque chez son grand-père. Pour ce qui est du Connemara, c'est l'impasse. Sonia ne dispose pas d'assez de détails à son sujet.

Tout cela est bien beau, mais ça ne lui apprend rien sur les raisons pour lesquelles ces chevaux se sont tous retrouvés dans « son » champ...

Sonia est en train d'attendre que le site de la Fédération équestre apparaisse à l'écran lorsque Éric arrive.

– Attention, tu vas faire rentrer des virus dans le disque dur en allant sur n'importe quel site. Du vent. C'est mon tour. Sinon, c'est cinq euros l'heure, grogne-t-il en bousculant le dossier de la chaise.

Sonia est surprise. Il avait été tellement sympa, tout à l'heure.

— Vas-y, monsieur Médaille d'informatique... grommelle-t-elle en libérant vivement la place.

7

La fin d'un rêve ?

Alors que Sonia traverse la rue pour aller discuter avec son amie, un camion se gare près de la clôture. Sonia se précipite vers le conducteur.

– Amenez-vous d'autres chevaux ?

Le conducteur la dévisage.

— Non, mademoiselle. On nous a simplement dit de prendre les Mustangs. Le producteur en a besoin.

Pendant que les deux hommes font entrer les sept chevaux dans le camion, Sonia tente d'en savoir plus.

— Savez-vous comment ça se fait que ces chevaux soient ici ?

— Désolé, ma petite. Nous, on est seulement payés pour effectuer le transport...

Le plus jeune ajoute, en refermant la porte du camion sitôt que les chevaux sont tous entrés :

— En tout cas, moi, j'ai entendu dire que ton **offre**

de service était très sympathique !

Son offre de service ? *Sympathique* ? Sonia est vraiment intriguée.

En regardant le camion s'éloigner, Sonia admire le ciel. Oui, c'est vraiment un très beau ciel, plein de contrastes.

On dirait même que les nuages reprennent les taches des Mustangs.

Sonia ne peut pas s'empêcher de penser que son rêve, tout comme il a commencé, sans prévenir, sans raison, pourrait très bien se terminer. Au sol, elle aperçoit une **plume**.

C'était celle de Willie. Sonia la glisse dans sa longue crinière et retourne à la maison.

La sonnerie du talkie-walkie retentit.
C'est Peggy :

– **Viens me voir,** on mange seulement dans cinq minutes.

Sonia trotte jusqu'à chez son amie. Elle s'appuie sur le bord de sa fenêtre.

— Alors, tu es prête ? demande-t-elle.

— Pour la compétition de demain ? Non... soupire Peggy. J'ai du mal avec un saut. En plus, hier soir, je suis mal tombée. J'ai une fesse en compote.

— En fait, précise Sonia, je voulais dire prête pour le **début des vacances**, la semaine prochaine...

— Ah ! oui... mais avec le stage de patinage artistique qui commence la semaine suivante, mes vacances ne seront pas très longues.

— Tu es quand même **chanceuse** d'aller dans une colonie de vacances. Ma mère n'aura jamais assez d'argent pour me payer un stage de quoi que ce soit.

— Peut-être, quand ton frère sera parti de la maison...

— Ça m'étonnerait... Il sera à l'université et, comme dit ma mère, là, ça va coûter **encore pluuus cher.**

Peggy ne sait quoi répondre. Elle voudrait bien lui dire que son père va peut-être revenir ou lui envoyer un tas d'argent, mais Sonia **déteste** désormais parler de son père.

— J'y pense, lance Sonia. Je peux utiliser ton ordi ?

Au même moment, la mère de Peggy annonce d'une voix aiguë :

— Mademoiselle Peggy Antoinette Gase est demandée à la salle à manger.

— C'est ta mère qui t'appelle comme ça ? demande Sonia en se tordant de rire.

— Elle a décidé de m'apprendre les règles de bienséance, explique Peggy.

Sonia rigole en s'éloignant de la fenêtre.

— Bonne chance !

En revenant vers son duplex vert menthe, Sonia observe l'appartement d'en bas. Le vieux n'est pas dans son fauteuil. Ses rideaux sont ouverts. Sonia en profite pour aller jeter un vrai coup d'œil à l'intérieur. Au-dessus de la télévision, Sonia aperçoit une **magnifique photo de cheval** dans un très vieux cadre.

— On cherche quelque chose, Sonia d'Or ? demande une voix grave et rauque derrière la jeune fille.

Sonia se retourne, morte de peur. Le vieux était probablement allé sortir ses poubelles...

— Non, non, bégaie-t-elle.

— Je dois m'absenter, ajoute le vieux grognon en ouvrant la porte-fenêtre en grand. Si vous voulez utiliser mon ordinateur, vous avez **quinze minutes,** maximum…

Sonia blémit.

— Je ne…

Puis elle prend une grande inspiration :

— Savez-vous pourquoi ces chevaux sont ici ? ose-t-elle demander.

– Quinze minutes, répond-il en agitant sa canne au pommeau en forme de tête de cheval.

8

aimechevaux
@coldmail.pom

Sonia hésite, tortillant fébrilement sa mèche de cheveux. Doit-elle entrer ? Le vieux grognon – elle ne sait même pas son nom – n'a pas refermé la porte-fenêtre... *Et si c'était un piège ?* Mais Sonia ne sent pas de piège. Elle met les pieds à l'intérieur de l'appartement et se dirige tout droit vers l'ordinateur.

Voyons, se demande-t-elle, *sur quel site étais-je lorsque mon frère m'a repris l'ordinateur ?* Elle retourne sur le site de la Fédération équestre. Elle tente vainement de trouver un lien entre elle, les chevaux et le pré. Mais, au bout d'un quart d'heure, ses recherches n'ont rien donné. Elle va éteindre l'ordinateur

lorsqu'elle pense : **offre de service…**

De retour sur le site de la Fédération équestre, Sonia va lire les annonces classées.

Jeune fille passionnée des chevaux s'occuperait gratuitement de vos chevaux en votre absence. Grand pré clôturé disponible.

Réponse : aimechevaux@coldmail.pom

— Trouvé ! s'exclame-t-elle au moment même où le vieux passe la porte.

— Je suis très à cheval sur la ponctualité, mademoiselle Sonia d'Or. Il ne faudrait pas abuser.

— Pardon, dit Sonia excitée.

Elle a presque envie de sauter dans ses bras.

— Vous avez trouvé ce que vous cherchiez ? demande le vieux.

Il dépose son litre de lait sur la table.

— Oui, oui, merci ! répond Sonia avec enthousiasme en se dirigeant vers la sortie.

Le vieux a un sourire énigmatique. Mais, maintenant qu'elle connaît la vérité, Sonia ne s'y attarde même pas.

Au lieu d'affronter son frère tout de suite, sans la présence de leur mère qui travaille au restaurant jusqu'à 17 heures, Sonia décide de passer l'après-midi avec « ses » chevaux.

Ce moment en agréable compagnie – pour combien de temps encore ? – **lui permet de mettre son plan au point.**

Un peu avant l'heure du dîner, Sonia rentre chez elle et se met à préparer le repas.

Au menu : des lasagnes, le mets préféré de sa mère. Sonia fait cuire les pâtes, les égoutte et les refroidit à l'eau. Puis, dans un plat, elle alterne les rangées de pâtes et de sauce. Du fromage sur le dessus, et **hop** ! Au four !

Éric, absorbé dans un jeu vidéo, fait semblant d'avoir oublié que c'est à lui que revient cette responsabilité…

Leur mère est à peine rentrée du travail qu'elle s'écroule sur une chaise, en se massant le bas du dos.

— Ça aurait dû être à ton frère de préparer à manger, Sonia, pas à toi, sermonne-t-elle d'une voix lasse.

Puis, s'adressant à Éric :

— Tu iras aider ta sœur à s'occuper des chevaux, ce soir.

— Quoi ? Ce n'était pas ça, l'idée… dit Éric.

– **Quelle idée ?** siffle sournoisement Sonia.

Éric cesse de respirer.

— Quelle idée ? répète Sonia en posant lourdement le plat de lasagne sur la table.

Leur mère les regarde, surprise.

— De quoi parle-t-on ? s'inquiète-t-elle.

— C'est toi qui as fait passer cette annonce ! poursuit Sonia en fixant son frère.

Éric se mord la lèvre.

— Quelle annonce ? demande leur mère.

— L'annonce classée sur le site de la Fédération équestre, explique Sonia.

Éric a publié une annonce disant que je m'occupe gratuitement de chevaux.

– **Éric... Ce n'est pas vrai ?** gémit Nathalie.

– **Quoi ?** répond Éric. Dites-moi que vous n'êtes pas contentes, peut-être ? Maman, ça fait une semaine que tu dis que tu es super heureuse parce qu'on ne se bat plus. Et toi, Sonia, tu n'as pas arrêté de sourire.

— Oui, mais... veut ajouter Nathalie.

Sonia réplique :

— Et toi, tu as eu l'ordinateur à toi tout seul.

Éric hausse les épaules.

— Ouais, et puis ? Tout le monde est content...

9

Une lettre officielle

— Bonne chance,

murmure Sonia à son amie.

Il est tout juste 6 heures en ce dimanche matin, mais Sonia ne voulait pas rater le grand départ. Cela fait des semaines que Peggy se prépare pour cette compétition.

— J'ai mal au ventre, avoue Peggy.

— Tout va bien aller, tu vas être sensationnelle, l'encourage Sonia en lui faisant un double clin d'œil.

Le lendemain, les deux amies n'en finissent plus de se raconter leur **incroyable** fin de semaine. Peggy est arrivée deuxième chez les moins de douze ans aux championnats régionaux de patinage artistique. Et Sonia a passé un dimanche de rêve avec ses chevaux. Pendant qu'elles sont à l'école, néanmoins, madame Legault vient reprendre son Falabella.

Le mercredi en fin de journée, c'est l'homme des Percherons qui se présente.

— La semaine a passé tellement vite, dit l'homme. Sans ton offre, **jamais** nous n'aurions pu partir en croisière.

— Tout le plaisir était pour moi, affirme Sonia.

Le jeudi, l'école est finie. Il ne reste plus qu'Émeraude...

– **Sonia !** crie Éric du haut de la fenêtre de l'appartement. Yves Vette, le proprio du Connemara, m'a envoyé un message pour me dire que sa femme était encore à l'hôpital. Une autre semaine, ça t'intéresse ?

Sonia sourit. Voilà à qui appartient le Connemara !

— **Bien sûr** ! chantonne-t-elle.

La vie ne pourrait pas être plus belle. Les grandes vacances ont commencé et Sonia a un cheval dans sa cour… ou presque !

En allant chercher le courrier, Sonia trouve une enveloppe, à l'allure officielle, adressée à son nom.

C'est peut-être une amende de la Ville, se dit-elle. *Maman ne la trouverait pas drôle…*

Sonia sait que dans un quartier résidentiel, les chevaux sont interdits. Mais, au lieu d'une amende, Sonia découvre une lettre :

Mademoiselle Sonia d'Or,

C'est avec plaisir que nous confirmons votre participation à notre camp d'été.

Date : du 7 au 21 Juillet.
Lieu : Centre équestre de Bromont.

Voir ci-jointe la liste des articles à apporter.

Au plaisir de vous rencontrer.

Hippiquement vôtre,
Monsieur D. Loriez, entraîneur-chef

Note : Camp prépayé

Sonia se frotte les yeux, se pince le bras, se mord la lèvre : **la lettre ne disparaît pas...**

Biographie de l'auteure

Katia n'a jamais eu de poney lorsqu'elle était enfant. Devenue maman, elle a eu mieux encore : une petite fille qui adorait les chevaux ! C'est elle qui lui a inspiré cette histoire.

Au fil des ans, grâce à sa fille, Katia a découvert tout un monde, rempli de bêtes magnifiques et de gens passionnés : le monde équestre. C'est celui que l'on retrouve dans *Si j'avais un poney...*, avec une petite touche de mystère et de magie en plus. Katia rêve de pouvoir acheter un poney à sa fille, un jour.

Entre-temps, elle continue d'écrire des livres. *Si j'avais un poney...* marque le début de la série *Sonia d'Or* et l'entrée en scène de son héroïne.

Tu aimes les poneys et tu voudrais que l'histoire continue ? Ça tombe bien, l'aventure continue !

Découvre maintenant le premier chapitre du tome 2 de *Sonia d'Or* !

1

Un cadre bien placé

— **Sonia, cesse de gigoter** ! gronde Nathalie.

— Je me sens comme un cheval qui piaffe à l'approche de l'écurie, maman ! réplique Sonia d'une voix surexcitée.

La voiture ralentit.

— Ça y est, c'est ici.

Enfin arrivées ! souffle Nathalie, soulagée.

Elle s'engage dans la petite allée qui mène au centre équestre. Sonia admire les prés éclairés par la lumière douce de jolis réverbères. Elle n'y aperçoit cependant aucun cheval. Ils doivent tous être dans leurs box !

Lorsque la voiture s'immobilise, Sonia en descend à toute vitesse, saisit son sac de voyage sur la banquette arrière et trottine vers l'entrée du club-house. Au même moment, une jeune femme jette un coup d'œil par la fenêtre. Quelques secondes plus tard, elle ouvre la porte.

— Bonsoir ! **Tu dois être Sonia d'Or**, dit-elle.

— Oui, c'est moi !

— Désolée d'arriver si tard, mais je travaillais ce soir, s'excuse Nathalie.

— Ne vous inquiétez pas, madame. Entrez. Je m'appelle Jessie. Je suis la monitrice.

– **Je peux visiter l'écurie ?** demande aussitôt Sonia.

– Il est trop tard, lui répond la monitrice en riant.

Tout en guidant Sonia et sa mère dans les couloirs du petit bungalow, Jessie décrit la routine du camp d'équitation où Sonia va passer deux semaines. Petit-déjeuner à 7 h 30. Reprise d'équitation le matin. Déjeuner à midi.

Reprise dans l'après-midi. Activités en soirée.

— Qu'est-ce qu'une reprise ? questionne Sonia.

— C'est un cours d'équitation, explique Jessie.

Les chambres portent toutes le nom d'une race de cheval. Jessie s'est arrêtée devant la « Morgan ».

— Voici ta chambre, indique-t-elle. J'espère que tu vas t'y plaire.

— Je croyais que nous allions dormir dans l'écurie,

avoue Sonia.

— Non, nous réservons ce luxe aux chevaux ! Cela dit, ça arrive parfois durant la dernière semaine, admet Jessie en guettant la réaction de la mère de Sonia.

Mais Nathalie, émue par la séparation qui approche, ne dit pas un mot.

— Je vous conseille de ne pas trop éterniser les « au revoir », madame, lui chuchote Jessie avant de les laisser seules. Demain, votre fille a une grosse journée !

— Maman, je ne sais toujours pas qui m'a offert ce séjour, mais **ce seront les deux plus belles semaines de ma vie,** c'est certain ! affirme Sonia en inspirant à pleins poumons l'air de la petite chambre.

Nathalie s'approche de la fenêtre, s'assure que le store est bien fermé, puis passe la main sur le bureau.

— C'est propre, constate-t-elle ne trouvant rien à

redire.

Elle sort un mouchoir de sa poche pour essuyer la larme qui perle au coin de son œil.

— Bien sûr, dit Sonia d'une toute petite voix en s'apercevant que sa mère est triste.

Elle lui fait un long câlin.

— Maman, ne t'inquiète pas.

— ... Bon... Tu sais que tu peux nous appeler n'importe quand, ajoute Nathalie après un court silence.

— « **Nous** appeler » ? Tu veux plutôt dire « m'appeler **moi** ! » Je ne vais quand même pas téléphoner à mon frère ! lance Sonia pour tenter de faire sourire sa mère.

Nathalie a le cœur gros.

— **Fais attention à toi**, ma belle petite pouliche, soupire-t-elle.

— Je vais déballer mon sac très vite et me coucher, promet Sonia en embrassant sa mère.

Sonia ne peut s'empêcher de ressentir un **petit pincement au cœur** à son tour lorsque sa mère referme la porte derrière elle. Mais son excitation à l'idée de participer à ce camp équestre **revient vite au galop.**

Maintenant seule, Sonia inspecte sa chambre. C'est une **toute petite pièce**, avec un lit en bois, une commode antique, une table de nuit et un réveil. Dans un coin, une poubelle, un balai et un ramasse-poussière annoncent une corvée. Ils croient **vraiment que je vais balayer ma chambre ?** se demande la jeune fille. **Je ne le fais même pas chez moi !** Au mur, une affiche qui date d'un autre siècle fait office de décoration. **Au moins, c'est un beau cheval**, pense-t-elle sans un regard pour le fier cavalier qui se tient aux côtés de sa monture, une coupe immense dans les bras. Après avoir rangé ses affaires dans la commode, elle file à la salle de bains. Derrière les portes closes du long couloir, elle entend des conversations à voix basse.

De retour dans sa chambre, Sonia s'installe dans son lit. Elle prend l'un des six romans qu'elle a apportés, mais, en dépit de tous ses efforts, elle ne réussit pas à se concentrer sur sa lecture et encore moins à fermer l'œil. Elle a encore peine à croire qu'elle se trouve là, dans ce camp !

« *C'est avec plaisir que nous confirmons votre participation à notre camp d'été.*

Date : du 7 au 21 juillet.

Lieu : Centre équestre de Bromont.

Camp prépayé », concluait la lettre. Sonia l'a tellement relue qu'elle l'a apprise par cœur. Sonia a même demandé à sa mère d'appeler en sa présence, afin de confirmer qu'il n'y avait pas d'erreur et que la lettre lui était bien adressée... « Qui a bien pu m'offrir ça ? » n'a-t-elle cessé de demander à sa mère. « Sûrement quelqu'un qui savait que ça te ferait **très plaisir** », a inlassablement répliqué celle-ci. Or, afin de ne pas rompre le charme sous lequel elle avait l'impression de se trouver, Sonia a cru bon de ne pas tenter d'en savoir trop… au cas où…

Sonia contemple le tableau floral accroché près de son lit. « **Quelle horreur** ! » décrète-t-elle à voix haute en constatant que c'est une peinture à numéros. Aussitôt, **ON COGNE LOURDEMENT AU MUR**. Sonia sursaute de frayeur.

— Hep ! dit une voix de l'autre côté du bouquet de fleurs. Tu veux papoter ?

Sonia regarde autour

d'elle.

— Que… quoi… qui parle ? bégaye-t-elle.

— Eh bien, c'est moi, dans la chambre d'à côté. Je t'entendais et j'ai cru que tu voulais…

— Mais, l'interrompt Sonia, comment cela se fait-il que je t'entende aussi clairement ? On dirait que tu es juste à côté de moi !

— Enlève le cadre, conseille la voix.

Sonia s'exécute et

se retrouve devant une ouverture, aussi grosse qu'un pamplemousse. De l'autre côté du mur, des yeux bridés, rieurs et un brin espiègles la regardent.

— **Salut ! Je m'appelle Li-Ming Corne.** Mais je préfère qu'on m'appelle Li.

Les deux jeunes filles font connaissance.

— Je suis passionnée de chevaux depuis que je suis toute petite, explique Sonia.

— Bienvenue au club !

rigole Li.

Sonia raconte à Li **son extraordinaire fin d'année scolaire,** quand elle a dû s'occuper de chevaux qui apparaissaient **COMME PAR MAGIE** derrière chez elle.

— **Incroyable!** s'exclame Li.

— Il y a plus fou encore, poursuit Sonia. J'ai ensuite reçu une lettre m'annonçant que j'allais à un camp d'équitation... **payé d'avance !**

— Quoi, tu essaies de me dire que tu ne sais pas qui te l'a offert ?

— Je n'en ai aucune idée !

— Wow, ça c'est génial ! réplique Li. **J'adore les mystères...**

— Moi aussi ! s'enthousiasme Sonia.

Li bâille de sommeil. Sonia ne peut s'empêcher de l'imiter.

— On se voit demain, alors ! dit Sonia en remettant le tableau à sa place.

Les principales robes des chevaux

Les chevaux sur cette page ont perdu leurs robes.
Est-ce que tu peux les aider à les retrouver ?

Les robes simples

Traditionnellement, on dit qu'il y a 4 robes simples : une seule couleur sur les poils, la crinière et la queue.

B – comme Blanc

Blanc comme neige, avec la peau rose (au niveau des naseaux et autour des yeux, par exemple).

A – comme Alezan

Plein de nuances différentes possibles, du orange au marron. Parfois, l'alezan a la crinière plus claire, voire blanche : c'est le palomino !

N – comme Noir

Tout noir ! Et c'est assez rare. Tu connais un cheval noir célèbre ? Mais oui, c'est la robe de Black, l'Étalon Noir !

C – comme Café au lait

C'est un alezan très clair, couleur café au lait. Il a souvent la peau plus claire que celle des alezans.

Les robes composées de couleurs séparées

Les crins et le bas des membres sont noirs,
et le reste d'une autre couleur.

B – comme Bai

Crins noirs et corps alezan, la robe baie se décline du marron à un joli rouge qu'on appelle le « bai cerise » !

I – comme Isabelle

Crins et extrémités noirs, et corps café au lait !

S – comme Souris

Un joli gris uniforme sur tout le corps, sauf les jambes, la crinière et la queue qui sont... de quelle couleur déjà ? Noirs, c'est bien ça !

Deux robes à part...

R – comme Rouan

Un mélange de poils blancs, alezans et noirs.

P – comme Pie

C'est la robe des montures des Indiens qui fait un peu ressembler les chevaux... à des vaches – du blanc orné de grandes taches noires ou alezanes.

Les robes composées de couleurs mélangées
C'est un mélange de deux couleurs sur le corps (y compris les membres), la crinière et la queue.

G – comme Gris

Du blanc avec du noir, comme en peinture, ça donne du gris ! Les chevaux gris claircissent avec le temps. Regarde les chevaux de Camargue : ils naissent presque noirs, et quand ils sont grands, ils ont l'air tout blancs !

A – comme Aubère

Un mélange de blanc et d'alezan.

L – comme Louvet

Ici, c'est l'inverse. Un mélange de noir et d'alezan. Ça donne aux poneys des allures de loups – d'où le nom de leur robe, « louvet » !

Tu as vu ? B – A – N – C… Ça fait un mot !

C'est un moyen de retenir les robes.

Tu peux également te rappeler une petite phrase : « **B**el **A**nimal **N**é **C**heval »… Pas bête, hein ?

Tu retiendras aussi facilement **BIS** : « **B**eauté **I**rrésistiblement **S**age », **GAL** : « **G**alope **A**vec **L**égèreté », et **RP** : « **R**oyal **P**artenaire » !

Quel Cheval pour ta personnalité ?

Le Percheron

Cette montagne de muscles au grand cœur a des allures étrangement aériennes, malgré sa puissance et sa taille impressionnantes – jusqu'à 1,85 mètres ! Originaire du Perche, ce doux géant est surtout connu partout dans le monde comme cheval de trait. C'est lui qu'on utilisait aux États-Unis pour construire les chemins de fer ! Et pourtant, il est aujourd'hui menacé de disparition.

Le Mustang

Symbole de vitesse et de liberté, son nom a été donné à des voitures et à des avions de chasse. Retourné à la vie sauvage, ce petit cheval vit en troupeau et a besoin d'être domestiqué pour être monté. Extrêmement intelligent, il a inspiré plusieurs personnages de fiction, comme Flicka dans le roman de Mary O'Hara, Petit Tonnerre dans la BD *Yakari*, ou bien Spirit, l'étalon des plaines. Malheureusement, accusé de consommer le fourrage destiné aux bétail aux États-Unis, il est lui aussi menacé.

Le Falabella !

Contrairement à ce que sa toute petite taille pourrait faire penser (75 cm pour les plus grands !), le Falabella, originaire d'Argentine, n'est pas un poney. C'est un cheval miniature. Ce n'est pas non plus un animal de compagnie. Plutôt que de rester avec toi dans le salon pendant que tu regardes la télé, il préférera que tu le fasses tourner en longe, sauter en liberté ou même apprendre des tours pour le cirque !

Le Connemara !

Poney de sport par excellence, le Connemara sait tout faire : dressage, CSO, complet... et même trec, attelage et polo ! Puissant et endurant, il convient aussi bien aux enfants qu'aux adultes.

C'est un champion-né qui adore le saut.

HIPPOJEUX !

Tu as remarqué ?
Dans *Sonia d'Or*, il y a plein de mots qui commencent par HIPP– ou par HIPPO–. C'est parce que le mot *hippos* en grec veut dire « cheval » ! Peux-tu retrouver les noms qui correspondent aux définitions ?

1. Un « cheval du fleuve » avec des défenses qui vit en Afrique.

H I P P O _ _ _ _ _ _

2. Un « cheval de mer ». C'est le papa qui porte les bébés contre son ventre.

H I P P O _ _ _ _ _

3. Un endroit où les chevaux remportent des courses.

H I P P O _ _ _ _ _

4. Un animal fabuleux, mi-cheval, mi-aigle.

H I P P O _ _ _ _ _ _

5. Si tu avais cette matière à l'école, ce serait pour étudier les chevaux.

H I P P O _ _ _ _ _

6. Le prénom d'un garçon qui aime beaucoup les chevaux !

_ _ _ _ I P P E

Réponses : 1. Hippopotame. 2. Hippocampe. 3. Hippodrome. 4. Hippogriffe. 5. Hippologie. 6. Philippe !

PAPIER À BASE DE FIBRES CERTIFIÉES

Le Livre de Poche s'engage pour l'environnement en réduisant l'empreinte carbone de ses livres
Celle de cet exemplaire est de :
300 g éq. CO_2
Rendez-vous sur
www.livredepoche-durable.fr

« Pour l'éditeur, le principe est d'utiliser des papiers composés de fibres naturelles, renouvelables, recyclables et fabriquées à partir de bois issus de forêts qui adoptent un système d'aménagement durable. En outre, l'éditeur attend de ses fournisseurs de papier qu'ils s'inscrivent dans une démarche de certification environnementale reconnue. »

Édité par la Librairie Générale Française – LPJ
(58 rue Jean Bleuzen, 92170 Vanves)

Composition Nord Compo
Achevé d'imprimer en Espagne par Liberdúplex
Dépôt légal 1re publication : mars 2021
15.2611.2/01 – ISBN : 978-2-01-713415-2
Loi n° 49-956 du 16 juillet 1949 sur les publications destinées à la jeunesse
Dépôt légal : mars 2021